I0551456

ENCYCLOPÉDIE

ÉLÉMENTAIRE.

TOME PREMIER.

ENCYCLOPEDIE ÉLÉMENTAIRE,

OU

COLLECTION

DE NOUVEAUX TRAITÉS DES SCIENCES ET DES ARTS,

ET DE

HUIT COURS COMPLETS DE LANGUES MORTES ET VIVANTES,

Destinés à l'enseignement de la Jeuneſſe, & au ſoulagement des Inſtituteurs :

Ouvrage dans lequel ſont indiqués des procédés ſi ſimples & ſi faciles, que deux jeunes Perſonnes, capables d'une attention un peu ſérieuſe, pourroient même s'en ſervir avec ſuccès, en ſe donnant des leçons tour-à-tour.

Par *M.* B. D. S. P. & par *M.* ÉLOI DE LA BRUDE.

GRAMMAIRE & ORTHOGRAPHE.
VOLUME DE L'ÉCOLIER. PREMIERE PARTIE.

A PARIS,

Chez les Auteurs, rue des Prêtres Saint-Germain, à côté du Notaire.
Et chez Séguy-Thiboust, Imprimeur-Libraire, Place Cambrai.

1788.

PRINCIPES
DE GRAMMAIRE
ET D'ORTHOGRAPHE.

PREMIERE PARTIE.

L'ORGANE de la parole eſt un des bienfaits de la Divinité : il diſtingue l'homme de la brute.

LA faculté de parler en inſpira le deſir : il étoit naturel à des êtres ſemblables de chercher à ſe communiquer leurs penſées.

ON peut ſuppoſer que pour ſe procurer un ſi précieux avantage, les hommes ont commencé par convenir de certains mots qui exprimeroient leurs idées.

A

Il eſt encore permis de croire que le premier qui ait conçu ce projet vit un chêne ſortir du ſein de la terre ; qu'un vaſte eſpace rempli d'eau l'arrêta dans ſa courſe ; qu'un corps lumineux s'offrit à ſes regards attentifs. Accompagné de ſa femme & de ſes enfans, il leur dit dans ſon langage, en étendant la main tour-à-tour vers chacun de ces objets : *arbre, riviere, ſoleil*. Telle eſt vraiſemblablement l'origine des mots qui nomment les choſes matérielles ou ſenſibles.

Après avoir donné un nom au chêne, à l'eſpace rempli d'eau, au corps lumineux, le même homme chercha ſans doute à exprimer les attributs qu'il jugea leur être convenables, & il proféra les mots *grand, large, éclatant* : de là l'origine de ceux qui déſignent les différentes manieres d'être des objets, c'eſt-à-dire, leur forme, leur étendue, leur propriété, &c.

Une expreſſion qui affirmât la convenance de la *grandeur* avec l'arbre, de la *largeur* avec la riviere, de l'*éclat* avec le ſoleil, lui reſtoit encore à trouver : pour lier l'attribut avec ſon ſujet, il imagina le mot *être*; & il dit : *arbre* eſt *grand, riviere* eſt *large, ſoleil* eſt *éclatant*.

Les perſonnes qui compoſoient ſa famille ; ſes beſtiaux ; ſes poſſeſſions, lui fournirent autant de moyens de ſe former un langage , que l'examen & l'admiration de tout ce qu'il apercevoit dans le ciel & ſur la terre. Sa femme étoit belle, elle adoroit Dieu; ſes enfans avoient de blonds cheveux & toutes les graces de leur âge ; ils étoient laborieux & ſoumis; ſes bœufs traînoient la charrue; les moutons lui donnoient leur laine; ſes récoltes étoient abondantes; &c. &c. D'où l'invention des mots *beauté*, *vertu*, *couleur*, *jeuneffe*, *obéiffance*, *travail*, *utilité*, *richeffe*, *fertilité*, &c. &c. tous mots qui n'expriment que des idées *fpiri-tuelles*, c'eft-à-dire, des idées qui tiennent feulement à *l'efprit*, des idées dont l'objet n'a d'exiftence que dans la penfée, & qui par conféquent ne repréfentent rien de *matériel* ni de *fenfible*, comme les fruits, les fleurs, les maifons, les vêtemens, &c.

BIENTÔT il fentit la néceffité de diftinguer fon époufe, fes enfans, par des noms divers, & de s'en donner un à lui-même. Mais ces noms répétés fans ceffe fatiguerent les oreilles à mefure qu'elles devinrent plus délicates; on y fubftitua d'un commun accord les mots *moi*, *toi*, *lui* : moi *fuis aimant*, toi *étois chan-tant*, lui *fut jouant*.

DANS la fuite, cette répétition continuelle des mots *fuis*, *étois*, *fus*, *ferois*, &c. parut auffi défagréable; & peu-à-peu, au lieu de *être aimant*, *être chantant*, *être jouant*, on imagina *aimer*, *chanter*, *jouer*, &c. qui ont la même fignification, puifqu'ils ren-ferment les attributs *aimant*, *chantant*, *jouant*.

JUSQU'ICI nous avons vu les premiers hommes ne favoir peindre que des jugemens affirmatifs. Lorfque leur intelligence s'eft déve-lopée davantage, ils ont fenti que les attributs *grand*, *large*, *éclatant*, ne pouvoient convenir au *petit* arbre, à la riviere *étroite*, au foleil *couvert de nuages*; & ils ont dit, arbre *non* grand, riviere *non* large, foleil *non* éclatant : d'où la naiffance des mots *petit*, *étroit*, *refferré*, *noir*, *obfcur*, & tous ceux qui expriment des idées contraires à d'autres idées.

Enfin, & peut-être après une longue succession de siecles, on varia les terminaisons des mêmes mots pour les rendre propres à divers usages; on imagina ceux qui expriment la maniere dont se font les choses, ceux qui servent à lier les idées entr'elles, à en completter le sens, ceux qui peignent les mouvemens dont notre ame est affectée, &c. &c.

Ainsi, de génération en génération, les hommes ont perfectionné leur langage; ils ont fait de la parole un Art apuyé sur des principes, assujeti à des regles. Nous allons commencer par rassembler ici les principes.

❋

Les mots qui servent à *nommer*, ou les objets de nos idées, ou les diverses qualités qu'on leur attribue, s'apellent NOMS.

Le mot *nom* est le plus propre à indiquer la fonction de la première partie du discours : ce qui *nomme* est bien un *nom*.

Il y a deux sortes de *noms* : les SUBSTANTIFS & les ADJECTIFS.

Les noms qui ne font que nommer une *substance*, un être spirituel ou matériel, considéré seulement en lui-même, sans y joindre, y ajouter aucune des qualités qui peuvent lui convenir, sont des SUBSTANTIFS.

Ce mot signifie donc *qui désigne, qui exprime une substance.*

Les mots qui en nommant les qualités relatives aux objets désignés par les substantifs, *ajoutent* une nouvelle idée à celle

que l'on s'eſt déjà faite de ces objets, ſont des noms AD-
JECTIFS.

Adjectif ſignifie donc *qui ajoute.*

―――――――

LES noms ſubſtantifs peuvent repréſenter une ou pluſieurs choſes;
de là nait une différence de *nombre* : on apelle NOMBRE l'unité
ou la pluralité de choſes.

CEUX qui ne nomment qu'*une* ſeule choſe, qu'un ſeul objet,
qu'une ſeule ſubſtance matérielle ou ſpirituelle, ſont au nombre
SINGULIER.

CEUX qui nomment *pluſieurs* choſes, pluſieurs objets, pluſieurs ſubſtances, ſont au nombre PLURIER.

IL ne peut y avoir que deux nombres, le *ſingulier*, qui indique *l'unité* ou
une ſeule choſe ; le *plurier*, qui indique la *pluralité* ou pluſieurs choſes.

―――――――

LA *différence* qui exiſte entre deux choſes de même eſpece
s'apelle GENRE. On eſt convenu d'attribuer une partie de ces
choſes au genre de l'homme, & l'autre partie au genre de la
femme. Celui qui indique le premier raport ſe nomme MASCULIN,
& celui qui marque le ſecond s'apelle FÉMININ. Il y a donc
deux genres.

LES ſubſtantifs *maſculins* ſont ou peuvent toujours être précédés des mots
le ou *un.*

B

ON reconnoît les subſtantifs *féminins* aux mots *la* ou *une* mis auparavant.

LES adjectifs, c'eſt-à-dire, les mots qui ajoutent aux objets conçus l'idée de leurs différentes manieres d'être ne ſignifient rien par eux-mêmes, & conſéquemment ne ſont ſuſceptibles ni de genre ni de nombre ; mais comme ils accompagnent, ils qualifient des objets repréſentés par les ſubſtantifs, on les fait accorder enſemble : c'eſt-à-dire, qu'un ſubſtantif du maſculin & du plurier, exige que ſon adjectif ſoit du même genre & du même nombre.

IL y a encore deux autres eſpeces de noms : les NOMS PROPRES, & les NOMS DE NOMBRE.

LES noms qui ne conviennent qu'à un ſeul *individu*, qu'à un ſeul objet d'une eſpece quelconque s'apellent NOMS PROPRES, c'eſt-à-dire, *individuels* ou particuliers.

CEUX qui nomment le *nombre*, la quantité des choſes dont on parle s'apellent NOMS DE NOMBRE.

LES noms de nombres qui, ſans déſigner l'ordre dans lequel ſont les choſes que l'on compte, en expriment ſeulement la quantité, ſe nomment noms de nombre *Abſolus.*

Abſolu ſignifie *indépendant* ou *ſans dépendance.*

CEUX qui expriment le rang, l'ordre des choſes, relatif à leur quantité, s'apellent noms de nombre *Ordinaux.*

Ordinal veut dire *qui marque l'ordre , le rang ;* & *relatif* fignifie qui a du raport , de la *relation* à quelque chofe qui précede.

✳

LES petits mots qu'on met devant les fubftantifs pour en indiquer , *articuler* , déterminer le genre & le nombre fe nomment ARTICLES.

Article veut dire *qui articule.*

LES articles du mafculin fingulier font *le , du , au , un , d'un , à un.*

La , de la , à la , une , d'une , à une , indiquent le genre féminin, & le nombre fingulier.

LES articles où les voyelles *a* & *e* font retranchées & remplacées par un apoftrophe, tels que *l' , de l' , à l'* , font tantôt du mafculin & tantôt du féminin , felon le genre du nom qu'ils accompagnent. Ils font toujours du nombre fingulier parce que , l'apoftrophe remplaçant un *e* , *l'* eft la même chofe que *le* , & que s'il étoit mis pour un *a* , *l'* ne feroit autre chofe que *la* ; ainfi des autres.

LES articles *les , des , aux* , font du plurier, & s'emploient indifféremment devant les noms mafculins ou féminins.

✳

LES mots qui fe mettent à la place des noms qu'on ne veut pas répéter font des PRONOMS, c'eft-à-dire, des mots *mis pour les noms.*

════════

CEUX qui s'emploient ordinairement devant les verbes pour en marquer les *perfonnes* s'apellent pour cela pronoms *Perfonnels*. Ils en défignent auffi les nombres,

LE raport qui fe trouve entre l'homme qui affirme, & l'affirmation qu'il fait, eft ce qu'on apelle *perfonne* ; & comme ce raport peut être confidéré relativement à celle qui parle, à celle à qui l'on parle, ou à celle de qui l'on parle, on eft dans l'ufage de dire qu'*il y a trois perfonnes*.

IL eft dans la nature de fonger d'abord à foi-même, enfuite à ceux que l'on voit, & enfin à ceux qui font abfens : ainfi l'on eft convenu de regarder comme *premiere* perfonne celle qui parle en fon nom feul ou en celui de plufieurs autres; comme *feconde*, la perfonne ou les perfonnes à qui l'on parle; & comme *troifiema* celle ou celles de qui l'on parle.

LES pronoms qui ont du raport, de la *relation* avec un nom qui les précede, font nommés *Relatifs*, parce qu'en effet ce mot *relatif* fignifie *qui a de la relation*.

CEUX qui indiquent la propriété d'une chofe, qui en marquent *la poffeffion*, qui font voir qu'elle apartient à quelqu'un, s'apellent *Poffeffifs*, c'eft-à-dire, *qui défignent la poffeffion*.

ON les divife en poffeffifs *abfolus*, & poffeffifs *relatifs*.

LES poffeffifs *abfolus*, fe nomment ainfi parce qu'ils ne font jamais précédés d'aucun fubftantif auquel ils puiffent fe raporter, & qu'ils font toujours fuivis du nom de la chofe dont ils indiquent la poffeffion.

LES poffeffifs *relatifs* font, au contraire, précédés du nom de la chofe poffédée, en dépendent & y ont de la *relation*,

IL eft facile de diftinguer ces deux fortes de pronoms poffeffifs par l'article mis feulement devant ceux qui font *relatifs.*

LES pronoms qui indiquent, qui *montrent* les objets dont on parle, ou qui repréfentent & rapellent à la mémoire les chofes dont on a parlé , s'apellent *Démonftratifs ,* c'eft-à-dire , *qui montrent.*

CEUX qui font liés, unis, *conjoints* à un verbe dont ils font fuivis, & après lequel on peut les mettre en les retournant, fans changer le fens de la phrafe , fe nomment *Conjonctifs ,* c'eft-à-dire , *qui fe joignent avec* des verbes.

DANS l'expreffion , c'eft-à-dire , dans notre maniere de nous exprimer , le pronom conjonctif précede toujours le verbe ; mais il le fuit réellement dans la fignification : ils *nous* aiment ; je *vous* aime , ne fignifient autre chofe que *eux aiment* nous , *moi aime* vous. On voit par-là que *nous* & *vous* ceffent d'être pronoms perfonnels , parce qu'ici ils ne fervent à défigner ni le nombre ni la perfonne du verbe.

LES petits mots *le , la , l' , les ,* que nous avons mis au nombre des articles, font aufli pronoms conjonctifs, quand ils fe trouvent devant un un verbe. En parlant d'un homme, on dit : je *le* verrai ; *le* veut dire *lui* : je verrai *lui,*

EN mettant les pronoms conjonctifs après le verbe , les uns fe changent en pronoms perfonnels , & d'autres en pronoms démonftratifs. *Le* eft le feul qui fe retourne de deux manieres : je *le* dirai , je dirai *cela.*

LES pronoms qui n'ont nul raport , nulle relation à ce qui les précede ou les

C

fuit, & qui par conféquent n'en dépendent d'aucune maniere, fe nomment *Abfolus*. Nous avons déjà dit que ce mot fignifie *fans dépendance*.

————

ENFIN ceux qui ne défignent un objet que d'une maniere vague, *non définie*, non déterminee, & qui ne préfentent pas une idée précife, font apellés *Indéfinis*, c'eft-à-dire, *non définitifs*, ou qui ne donnent pas complettement l'idée.

IL y a donc fept efpeces de pronoms : les *Perfonnels*, les *Relatifs*, les *Poffeffifs*, les *Démonftratifs*, les *Conjonctifs*, les *Abfolus* & les *Indéfinis*: ils fe trouvent tous raffemblés par ordre alphabétique dans le Tableau ci-contre.

✹

LES mots employés à défigner, à exprimer une affirmation ou une action fe nomment VERBES.

DE toutes les parties du difcours le verbe eft celle qu'on emploie le plus fréquemment, parce qu'elle fert à unir le fujet & l'attribut, en affirmant que celui-ci convient ou ne convient pas à l'autre.

Verbe fignifie *parole*. On a ainfi nommé cette efpece de mots, comme fi l'on eût voulu dire parole principale, indifpenfable ; parole *par excellence.* En effet fans le verbe, on ne pourroit jamais manifefter, produire au dehors aucun jugement. J'ai l'idée d'*arbre* & de *grandeur*, de *riviere* & de *largeur*, mais ces idées détachées, ifolées, fe raprochent, s'uniffent par le verbe *être* : je dis cet arbre *eft* grand, cette riviere *eft* large.

————

LE verbe exprime une affirmation ou une action qui fe fait actuellement, qui s'eft faite autrefois, ou qui fe fera à l'avenir. On nomme *tems* ces époques différentes auxquelles fe raporte l'affirmation ou l'action.

L'AFFIRMATION ou l'action qui fe fait *préfentement*, au moment même où l'on parle, eft au tems *préfent*.

LE verbe eft au *parfait*, quand l'affirmation ou l'action qu'il exprime a eu lieu dans un efpace de tems qui eft paffé, fini, *parfaitement* terminé, & dont il ne refte plus rien à achever.

PARFAIT fignifie donc *paffé*, *fini*, *terminé*.

LORSQU'IL exprime une affirmation ou une action qui fe fera dans un tems à venir, il eft au *futur*.

Futur fignifie *qui arrivera ou qui doit arriver*.

CES trois tems s'apellent *naturels*, parce qu'en effet ce font les feuls qui foient dans la *nature*, puifqu'une chofe quelconque ne peut être que *préfente*, *paffée* ou *à venir*.

DEUX autres tems fe raportent à ces trois premiers.

L'UN exprime une affirmation ou une action que l'on confidere comme préfente, quoiqu'elle ait eu lieu dans un tems qui n'exifte plus ; c'eft pour cela qu'on le nomme *imparfait*, c'eft-à-dire, *non* entierement *parfait*, *non* entierement *paffé*. On voit qu'il fe raporte tout à la fois au parfait & au préfent.

L'AUTRE exprime une affirmation ou une action qui se feroit au moment même où l'on parle si certaine *condition* avoit lieu. Il s'apelle *conditionnel*, comme dépendant de quelque *condition*, de quelque circonstance. Le présent & le futur sont les deux tems auxquels ils se raporte.

LES tems sont donc au nombre de cinq : le *Présent*, l'*Imparfait*, le *Parfait*, le *Futur* & le *Conditionnel*.

LES différentes terminaisons raprochées dans le Tableau ci-contre indiquent à quel tems on doit raporter l'affirmation ou l'action que le verbe exprime. On voit par ce même Tableau que les *terminaisons* sont formées d'une lettre seule ou de plusieurs lettres qui *terminent* le verbe à chacune des personnes.

LES différentes manieres dont le verbe exprime l'affirmation ou l'action se nomment *Modes*.

CELUI qui exprime l'affirmation ou l'action d'une maniere vague, *non définitive* ou non finie, s'apelle *Infinitif* ; parce qu'en effet il ne désigne, ne caractérise ni le nombre, ni la personne, ni le tems déterminé.

Infinitif signifie *qui ne définit pas entierement.*

LA maniere d'exprimer, d'*indiquer* l'affirmation ou l'action en un seul mot qui forme par lui-même un sens complet, se nomme mode *Indicatif*.

Indicatif veut dire *qui indique.*

TABLEAU des terminaisons de tous les Verbes.

INFINITIF.	PARTICIPE ACTIF.	PARTICIPE PASSIF.
1.ʳᵉ Conju. Aim · · · er.	Aim · · · · · · · }	Aim · · · é.
2.ᵉ Fin · · · · ir.	Finiſſ · · · · · · } ant.	Fin · · · · i,
3.ᵉ Recev · · oir.	Recev · · · · · · }	Reç · · }
4.ᵉ Rend · · re.	Rend · · · · · · · }	Rend · } u.

S I N G U L I E R, P L U R I E R.

1.ʳᵉ p. 2.ᵉ p. 3.ᵉ p. 1.ʳᵉ p, 2.ᵉ p, 3.ᵉ p.

Préſent.	Aim · · · · e · · · · es · · · · e Fini · · } Reçoi · } s · · · · s · · · · t Rend · · · s · · · · s · · · (*)	Aim } Finiſſ } Re çᵉₒᵢ ꟾᵛ } ons · · · · ez · · · · ent, Rend }
Imparfait.	Aim · · · } Finiſſ · } ois · · ois · · · · oit · · · · · · · · · ions · · · iez · · · · oient. Recev · } Rend · }	
Parfait.	Aim · · · ai · · · · as · · · · a · · · · · · · · · · · · · âmes · · âtes · · · erent. Fin · · · is · · · · is · · · · it · · · · · · · · · · · · îmes · · îtes · · · · irent. Reç · · · us · · · · us · · · ut · · · · · · · · · · · · ûmes · · ûtes · · · urent. Rend · · is · · · · is · · · · it · · · · · · · · · · · · îmes · · îtes · · · · irent,	
Futur.	Aime · } Fini · · } rai · · · ras · · · · ra · · · · · · · · · · · · rons · · · rez · · · · ront. Recev · } Rend · }	
Conditionnel.	Aime · } Fini · · } rois · · · rois · · · roit · · · · · · · · · rions · · riez · · · · roient. Recev · } Rend · }	
Préſent.	Aim · · } Finiſſ · } e · · · · · · es · · · · · e Reçoiv } Rend · }	Aim } Finiſſ } Re çᵉₒᵢ ꟾᵛ } ions · · · · iez · · · · ent. Rend }
Imparfait.	Aim · · · aſſe · · aſſes · · · · ât · · · · · · · · · · · aſſions · · aſſiez · · aſſent. Fin · · · · iſſe · · · iſſes · · · · ît · · · · · · · · · · · iſſions · · iſſiez · · iſſent. Reç · · · · uſſe · · · uſſes · · · · ût · · · · · · · · · · · uſſions · · uſſiez · · uſſent. Rend · · · iſſe · · · iſſes · · · · ît · · · · · · · · · · · iſſions · · iſſiez · · ; iſſent.	

(Left margin labels: INDICATIF, with Préſent, Imparfait, Parfait, Futur, Conditionnel; SUBJONCTIF, with Préſent, Imparfait.)

D

LE mode dont les tems ne peuvent, comme ceux de l'Indicatif, exprimer l'affirmation ou l'action par eux-mêmes, & qui, pour former un fens, ou être entendus, ont befoin du fecours de quelques autres mots, fe nomme *Subjonctif.* Ce mot fignifie *qui eft fubjoint*, fubordonné à quelque chofe, & qui en dépend.

CELUI qui exprime l'action de *commander*, de prier, d'exhorter ou de défendre, s'apelle mode *Impératif.*

Impératif fignifie *qui eft impérieux, qui commande.*

LES quatre Modes ou manieres d'exprimer l'affirmation ou l'action dans le verbe font donc l'*Infinitif*, l'*Indicatif*, le *Subjonctif* & l'*Impératif.*

LES adjectifs qui, en diftinguant les attributs des chofes, indiquent le verbe d'où ils dérivent, fe nomment PARTICIPES. On les apelle ainfi, parce qu'en effet ils *participent* à la nature du verbe, & à celle de l'adjectif.

CEUX qui expriment une action produite par le fujet auquel ils fe raportent, font apellés participes *Actifs.* Ils ont tous leur terminaifon en *ant* pour les deux genres & les deux nombres.

Actif fignifie *qui agit, qui fait une action.*

LES participes qui défignent un fujet comme recevant & fouffrant l'effet d'une action produite par un autre fujet qui agit fur lui, fe nomment *Paffifs.*

Paſſif veut dire *qui ſouffre, qui reçoit.*

I L y a donc deux ſortes de Participes, les *Aˆctifs* & les *Paſſifs.*

❀

L E S mots qui n'ont ni genre, ni nombre, ni perſonne, & qui par conſéquent ne changent point de terminaiſon, comme les noms, les pronoms ou les verbes, prennent le nom d'INDÉCLI-NABLES.

Indéclinable ſignifie donc *non déclinable*, qui ne varie point, qui ne change point de terminaiſon.

O N voit par cette expoſition abrégée des parties du diſcours qu'elles ſont au nombre de ſix ; ſavoir, les NOMS, les ARTICLES, les PRONOMS, les VERBES, les PARTICIPES & les INDÉCLINABLES. De ſorte qu'il n'y a point de mot qui ne ſoit de l'une de ces ſix eſpeces.

(16)

Premiere colonne blanche d'un cahier annoncé page 16 du volume
du Maître.

Aprèa . . .

lea . . . . . .

Aventures. .

de . . . . . .

Télémaque,

on . . . . . .

ne . . . . . .

peut . . . .

rien . . . . . .

lire . . . . . .

de . . . .

plua . . . .

touchaut . .

ni . . . .

de . . . .

mieux . . . .

écrit . . . . .

que . . . . . .

cellea . . . .

d' . . . .

Aristonous.

LES AVENTURES D'ARISTONOÜS (*a*).

SOPHRONIME ayant perdu les biens de fes ancêtres par des naufrages & par d'autres malheurs s'en confoloit par fa vertu dans l'Ifle de Délos. Là, il chantoit fur une lyre d'or les merveilles du Dieu qu'on y adore : il cultivoit les Mufes dont il étoit aimé ; il recherchoit curieufement tous les fecrets de la Nature, le cours des Aftres & des Cieux, l'ordre des Élémens, la ftructure de l'Univers qu'il mefuroit de fon compas, la vertu des Plantes, la conformation des animaux. Mais fur-tout il s'étudioit lui-même, & s'apliquoit à orner fon ame par la vertu. Ainfi la Fortune, en voulant l'abattre, l'avoit élevé à la véritable gloire, qui eft celle de la fageffe.

Pendant qu'il vivoit heureux fans biens dans cette retraite, il aperçoit un jour fur le rivage un vieillard vénérable qui lui étoit inconnu : c'étoit un Étranger qui venoit d'aborder dans l'Ifle. Ce vieillard admiroit les bords de la mer dans laquelle il favoit que cette Ifle avoit été autrefois flottante ; il confidéroit cette côte où s'élevoient au-deffus des fables & des rochers, de petites collines toujours couvertes d'un gazon naiffant & fleuri ; il ne pouvoit affez regarder les fontaines pures, & les ruiffeaux rapides qui arrofoient cette délicieufe campagne ; il s'avançoit vers les bocages facrés qui environnoient le Temple du Dieu ; il étoit étonné de voir cette verdure que les Aquilons n'ofent jamais ternir, & il apercevoit déjà le Temple d'un marbre de Paros, plus blanc que la neige, environné de hautes colonnes de jafpe. Sophronime n'étoit pas moins attentif à obferver ce vieillard ; fa barbe blanche tomboit fur fa poitrine ; fon vifage ridé n'avoit rien de difforme ; il étoit encore exempt des injures d'une vieilleffe caduque ; fes yeux montroient une

---

(*a*) Après les Aventures de Télémaque, on ne peut rien lire de plus touchant, ni de mieux écrit que celles d'Ariftonoüs. Il femble que la Nature elle-même ait dicté ces deux charmans Ouvrages : le même efprit & la même fimplicité y regnent également par-tout. On accorde communément l'avantage au premier ; &, il en faut convenir, ce Poëme eft incomparable. L'Auteur d'Ariftonoüs en a pris les idées, le ftyle & la morale. S'il n'a pas la gloire de l'invention, il a du moins le mérite d'avoir trouvé le fecret d'approcher de près un homme qui paroiffoit auffi inimitable que La Fontaine.

E

douce vivacité ; fa taille étoit haute & majeftueufe, quoiqu'un peu courbe ; & un bâton d'ivoire le foutenoit. O Étranger, lui dit Sophronime, que cherchez-vous dans cette Ifle qui paroît vous être inconnue ? Si c'eft le Temple du Dieu, vous le voyez de loin , & je m'offre de vous y conduire ; car je crains les Dieux, & j'ai apris ce que Jupiter veut qu'on faffe pour fecourir les Étrangers.

J'accepte, répondit ce vieillard, l'offre que vous me faites avec tant de marques de bonté ; je prie les Dieux de récompenfer votre amour pour les Étrangers : allons vers le Temple. Dans le chemin, il raconta à Sophronime, le fujet de fon voyage. Je m'apelle, dit-il, Ariftonoüs, natif de Clazomenes, ville d'Ionie, située fur cette côte agréable qui s'avance dans la mer, & femble s'aller joindre à l'Ifle de Chio, fortunée patrie d'Homere. Je naquis de parens pauvres, quoique nobles. Mon pere, nommé Polyftrate, qui étoit déjà chargé d'une nombreufe famille, ne voulut point m'élever ; il me fit expofer par un de fes amis de Téos. Une vieille femme d'Érythrée qui avoit du bien auprès du lieu où l'on m'expofa, me nourrit de lait de chevre dans fa maifon ; mais comme elle étoit pauvre, dès que je fus en âge de fervir, elle me vendit à un Marchand d'Efclaves, qui me mena dans la Lycie. Ce Marchand me revendit à Patare à un homme riche & vertueux, nommé Alcine ; & Alcine prit foin de moi dans ma jeuneffe. Je lui parus docile, modéré, fincere, affectionné, et apliqué à toutes les chofes honnêtes dont il voulut m'inftruire. Il me dévoua aux Arts qu'Apollon favorife ; il me fit aprendre la Mufique, les exercices du corps, & fur-tout l'Art de guérir les plaies des hommes. J'acquis bientôt une affez grande réputation dans cet Art, qui eft fi néceffaire ; & Apollon qui m'infpira me découvrit des fecrets merveilleux. Alcine, qui m'aimoit de plus en plus, & qui étoit ravi de voir le fuccès de fes foins pour moi, m'affranchit & m'envoya à Polycrate, Tyran de Samos, qui dans fon incroyable félicité craignoit toujours que la Fortune, après l'avoir fi long-tems flatté, ne le trahît cruellement. Il aimoit la vie, qui étoit pour lui pleine de délices ; il trembloit de la perdre, & vouloit prévenir les moindres aparences de maux ; auffi, étoit-il toujours environné des hommes les plus célebres dans la Médecine. Polycrate fut enchanté que je vouluffe paffer ma vie auprès de lui. Pour m'y attacher, il me donna de grandes richeffes, & me combla d'honneurs. Je demeurai long-tems à Samos, où je ne pouvois affez m'étonner de voir que la Fortune fembloit prendre plaifir à le favorifer felon tous fes vœux. Il fuffifoit qu'il entreprît une guerre, la victoire fuivoit de près ; il n'avoit qu'à vouloir les chofes les plus difficiles, elles s'arrangeoient comme d'elles-mêmes. Ses richeffes immenfes fe multiplioient tous les jours ; tous fes ennemis étoient abattus à fes pieds ; fa fanté, loin de diminuer, devenoit plus forte & plus égale.

Il y avoit déjà quarante ans que ce Tyran tranquille tenoit la Fortune comme enchaînée fans qu'elle ofât jamais fe démentir en rien ; ni lui caufer le moindre mécompte dans tous fes deffeins. Une profpérité fi énorme parmi les hommes, me faifoit peur pour lui. Je l'aimois fincèrement , & je ne pus m'empêcher de lui découvrir ma crainte. Elle fit impreffion dans fon cœur ; car quoiqu'il fût amoli par les délices , & énorgueilli de fa puiffance , il ne laiffoit pas d'avoir quelques fenti- mens d'humanité , quand on le faifoit reffouvenir des Dieux & de l'inconftance des chofes humaines. Il fouffroit que je lui diffe la vérité ; & il fut fi touché de ma crainte pour lui, qu'enfin il réfolut d'interrompre le cours de fes profpérités par une perte, qu'il vouloit fe préparer lui-même. Je vois bien , me dit-il , qu'il n'y a point d'homme qui ne doive en fa vie éprouver quelque difgrace de la Fortune : plus on a été épargné d'elle , plus on a à craindre quelque révolution affreufe : moi , qu'elle a comblé de biens pendant tant d'années , je dois en attendre des maux extrêmes , fi je ne détourne ce qui femble me menacer : je veux donc me hâter de prévenir les trahifons de cette Fortune flatteufe. En difant ces paroles, il tira de fon doigt fon anneau qui étoit d'un très-grand prix , & qu'il aimoit fort ; il le jetta en ma préfence du haut d'une tour dans la mer , efpérant , par cette perte, avoir fatisfait à la néceffité de fubir du moins une fois en fa vie , les rigueurs de la Fortune ; mais c'étoit un aveuglement caufé par fa profpérité ; les maux qu'on choifit & qu'on fe fait foi-même , ne font plus des maux ; nous ne fommes affligés que par les peines forcées & imprévues dont les Dieux nous frappent. Polycrate ne favoit pas que la vrai moyen de prévenir la Fortune , étoit de fe détacher par fageffe & par modération de tous les biens que nous donne. La Fortune à laquelle il voulut facrifier fon anneau , n'accepta pas ce facrifice , & Polycrate malgré lui , parut plus heureux que jamais. Un poiffon avoit avalé l'anneau ; le poiffon avoit été pris , porté chez Polycrate , préparé pour être fervi à fa table ; & l'anneau trouvé par un Cuifinier dans le ventre du poiffon , fut rendu au Tyran qui pâlit à la vue d'une Fortune fi opiniâtre à le favorifer : mais le temps s'approchoit , où fes profpérités devoient fe changer tout-à-coup en des adverfités affreufes. Le grand Roi de Perfe , Darius fils d'Hiftapes , entreprit la guerre contre les Grecs ; il fubjugua bientôt toutes les Colonies Grecques de la côte d'Afie , & des Ifles voifines qui font dans la mer Égée ; Samos fut prife , le Tyran vaincu , & Orante , qui com- mandoit pour le grand Roi , ayant fait dreffer une haute croix , y fit attacher le Tyran : ainfi cet homme qui avoit joui d'une fi prodigieufe profpérité , & qui n'avoit pu même éprouver le malheur qu'il avoit cherché , périt tout-à-coup par le plus cruel & le plus infame de tous les fuplices. Ainfi rien ne menace tant les hommes de quelque grand malheur , qu'une trop grande profpérité. Cette For- tune , qui fe joue fi cruellement des hommes les plus élevés , tire auffi de la pouf- fiere ceux qui étoient les plus malheureux : elle avoit précipité Polycrate du haut de la roue, & elle m'avoit fait fortir de la plus miférable de toutes les conditions, pour me donner de grands biens. Les Perfes ne me les ôterent point : au contraire, ils firent grand cas de ma fcience pour guérir les hommes, & de la modération avec laquelle j'avois vécu pendant que j'étois en faveur auprès du Tyran : ceux qui avoient abufé de fa confiance & de fon autorité furent punis de divers fuplices. Comme je n'avois jamais fait de mal à perfonne, & qu'au contraire, j'avois fait tout le bien que j'avois pu faire, je demeurai le feul que les Vainqueurs épargnerent, & qu'ils traiterent honorablement. Chacun m'en félicita, car j'étois aimé ; j'avois joui de la profpérité fans envie, parce que je n'avois jamais montré ni dureté, ni orgueil, ni avidité, ni injuftice.

Je paffai encore à Samos quelques années affez tranquillement ; mais je fentis enfin un violent defir de revoir la Lycie, où j'avois paffé fi doucement mon enfance : j'efpérois y trouver Alcine qui m'avoit nourri, j'apris qu'Alcine étoit mort après avoir perdu fes biens, & fouffert avec beaucoup de conftance les malheurs de fa vieilleffe. J'allai répandre des fleurs & des larmes fur fes cendres ; je mis une infcription honorable fur fon tombeau, & je demandai ce qu'étoient devenus fes enfans. On me dit que le feul qui étoit refté, nommé Orciloque, ne pouvant fe réfoudre à paroître fans bien dans fa patrie, où fon pere avoit eu tant d'éclat, s'étoit embarqué dans un vaiffeau étranger, pour aller mener une vie obfcure dans quelqu'Ifle écartée de la mer. On ajouta que cet Orciloque avoit fait naufrage peu de tems après, vers l'Ifle de Carpathie, & qu'ainfi il ne reftoit plus perfonne de la famille de mon bienfaiteur Alcine. Auffi-tôt je fongeai à acheter la maifon où il avoit demeuré, avec les champs fertiles qu'il poffédoit autour : j'étois bien-aife de revoir ces lieux qui me rapelloient le doux fouvenir d'un âge fi agréable, & d'un fi bon Maître : il me fembloit que j'étois dans cette fleur de mes premieres années, où j'avois fervi Alcine. A peine eus-je acheté de fes créanciers les biens de fa fucceffion, que je fus obligé d'aller à Clazomenes : mon pere Polyftrate, & ma mere Phidile, étoient morts.

DIFFÉRENS morceaux (*) *dont l'Élève doit être en état de corriger les fautes d'Orthographe, s'il a bien faifi l'efprit des principes qu'il vient d'étudier.*

L'EMPLOI DU TEMS.

MARTIN, quoique *fimples* compagnon, *excellois* dans *font* métier. *Ils afpirois de tout* fes *defir à de venir* maître ; *mes* il lui *manquoient* une certaine *fommes* pour *ce* faire recevoir.

Un Marchand, qui *connoiffois* fon *induftries, voulu* bien lui *prêté* cent *ecu* pour trois *an*, afin qu'il *paya* fa maîtrife, & qu'il *achetas fe* qui lui *étoient néceffaires* pour *ce* mettre *an* état de *travaillé.*

Ont fe *figureras* fans peine *là* joie de *martin.* Il *voyois* déjà dans *fons* imagination fa *boutiques* richement *étoffé.* Il avoit peine *a compté* le *nombres* de pratiques *nouvel* qui s'*empreffteroit* de l'*employez*, & *tous* l'argent que fon *travails alloient* lui *raportai* aux bout de *lannée.*

Dans les *tranfport extravagant* de joie *ou* le *jettoit fes* penfées, il aperçoit un *cabarets.* Allons, dit-il, en y entrant, il faut *commencé a tiré* de *cette* argent quelque *plaifirs.*

Il *héfitat* quelques *moment* à *demandez* du vin. Sa *confciences* lui *crois a hautes* voix que le moment de jouir *nétoit* pas encore *arrivée* ; qu'il falloit d'abord *fongé* aux *moyen* de rembourfer, au tems *prefcrits*, les *avance* qu'on lui *avoient faite* ; que jufqu'alors il n'*étois* pas honnête *dans dépenfé* un fol, fans la plus *grandes* néceffité. Il s'avançoit vers le *feuils* de la porte, *prêts à cédez* à

(*) De M. Berquin.

F

fes premiers *mouvement* de droiture. Cependant, *ditils*, en retournant fur *ceſ talon*, quand je *dépenſeroit* aujourd'hui trente *fol* pour me réjouir du *bonheurs* qui *matend*, il me reſteroit encore quatre-vingt-dix-neuf *écu* & demi. Ces plus qu'il *nen* faut pour *payé* ma *maîtriſes*, & me mettre en fonds; & je *puit*, en un *jours*, *reparez cet* petite *breches* par mon travail.

C'eſt ainſi que déjà le *verres* à la *mains*, ils cherchoit *a étouffé* ſes *reproche* intérieurs. *Mes*, hélas! le pauvre *hommes!* s'étoit le *premiers* pas qui *devoient* *l'entraîné* à ſa *ruines*.

Le lendemain une *douces* image du *plaiſirs* qu'il *avois goûtés* la veille dans le *cabarets*, *vin ce* préſenter *a ſont* eſprit; & il *fis* beaucoup moins de *façon* avec ſa conſcience pour *dépenſez* encore trente ſols de la *mêmes manieres*. Il *devoient* lui *reſté* quatre-vingt-dix-neuf *écu*.

Les *jour ſuivant* le *goûts* de l'ivrognerie *s'étoient* ſi bien *emparer* de lui, qu'*ils pris s'en* rémords, trois *écu* l'un après *l'autres*, & les *dépenſas*, comme il *avois fais* le premier. Car, *ce* diſoit-il à chaque *ſéances*, *ſe nait* que trente *ſol*. Oh! il *ment* reſtera encore *biens* aſſez.

Tels étoient ſes *parole infenſé* pour répondre *a* la *voie* de ſa *raiſons*, qui, de tems-en-tems, *ce* faiſoit entendre. Il ne *confidéroient* pas que ſa *fortunes confiſtois* en cent *écu plain*, & que du *ſages* emploi de la moindre *parties dépendoient* l'utile deſtination de la *ſommes entier*.

Vous *voyés*, mais amis, par *quelles* degrés *infenſible* il *ce* précipita dans une vie de débauche. Il ne *trouvois plut* aucun *plaiſirs* à *travaillé*, uniquement *occupés*, comme il *létoit*, de ſa richeſſe *actuel*, qui lui *ſembloient inépuiſables*. Cependant *ils* ne *tardat* gueres *a ſapercevoir quel* diminuoit de jour en jour. *Iſle* ſentit avec effroi qu'il ne *pouvois plu* atteindre ſon but, parce qu'il *ni* avoit pas *daparence* que *ſont* Bienfaiteur lui *préta* cent *nouveau* écus, après *layoir* vu *diſſipé* les *premier* dans le *déſordres*.

Bourrelé de honte & de remord, plus il *cherchoient a* les *étouffé dent* le *vint*, plus il avançoit *leur* de ſa *ruines*. Enfin, il arriva *ſe* funeſte *momens*, ou *dégoûtez* du travail, *an* horreur *a* lui-*mêmes*, la vie lui *de vin infuportables* d'en la perſpective de *la venir* effrayant qui *s'ouvrois* devant lui.

Il *s'éloignas* de ſa patrie, *pourſuivis* par les *furie dû* déſeſpoir, & il *à la* ce jetter dans une bande de *voleur*, avec *lefquelles* il *commis* toutes fortes de *fcélérateſſe*. *Mes* le Ciel *vengeurs* ne les laiſſa pas long-tems *impunie ;* une mort *violentes fus* le dernier terme de *ces* jours *criminelles*.

Oh ! ſi le malheureux *avois écouter* la premiere *foi* les avis de ſa *raiſons*, & les *reproche* de ſa confcience ! *tranquilles* aujourd'hui dans *ſons* état, il *attendrois aux ſeins* de l'aifance & de *l'honneurs* le repos d'une vieilleſſe *fortuné*.

Enfans, vous *frémiſſé* de ſa folie déplorable. *Tel* eſt cependant celle de la plupart des *homme* dans *l'emplois* qu'*il fonts* de la vie. Elle leur *à* été *donné* pour la *couleʒ* heureuſement dans les *jouiſſance* de *là* vertu ; & *il* la prodiguent à *toute* les diſſipations *honteuſe* du vice. Ils *penſe* qu'il *l'heure* en reſtera toujours aſſez pour en faire l'*uſages* glorieux *aſſigner* par le *Créateurs*. Cependant les *jour*, les *moi*, les années s'*écoules*, & ils *ce trouve emporter* par leurs paſſions *aux* bout de *leurs* carriere, ſans *la voir* remplie. Trop heureux encore s'y leur *éga-remens* ne les *pouſſent* pas *a ce* plonger dans l'abyme du *déſeſpoir*.

LA PETITE BABILLARDE.

Léonor *étois* une *petites* fille pleine d'*efprits* & de vivacité. A l'âge de ſix *en*, elle *maniois* déjà l'aiguille *ai* les cifeaux avec *beau coup d'adreſſes ;* & *toute* les jarretieres de *ces* parens *étoit* de ſa *façons*. Elle ſavoit auſſi lire *tous* couramment dans le *premiers* livre qu'ont lui *préſentoient*. Les *lettre* de *ſont* écriture *étois* bien *formé*. Elle n'en mettoit point de *grande*, de moyennes & de *petite* d'*en* le même *maux*, les *une penchés* en avant, les *autre* en arriere ; & *ces* lignes *nallois* point en gambadant du haut de *ſons* papier juſqu'*an* bas, ainſi que *jeu lai* vu *pratiqueʒ* à beaucoup d'*autre* enfant de ſon *âges*.

Ces parens *nétois* pas moins *content* de ſon obéiſſance, que *ces* maîtres ne *létoient* de ſon aplication. *Elles* vivoit dans la plus *douces* union avec s'*eſt* ſœurs, *traitois* les domeſtiques avec *affabilités*, & *c'eſt* compagnes avec toutes *forte* d'*égard* & de prévenances. *Tout* les anciens *ami* de ſes parens, tous les étrangers qui *venoit*, pour la premiere *foi*, dans la maifon, en *paroiſſois* également *en* *chanté.*

Qui *croirois* qu'*avec* tant de qu'*alités*, de *talent* & de gentilleffe, on *put* avoir le malheur de *ce rendres* infuportable? *Telle* fut cependant celui de *léonor.*

Un *feule* défaut *quelle* contraĉta, *vins* à bout de détruire *leffet* de *tout ſes* agrémens; l'intempérance de ſa *langues* fit bientôt *oubliez* les graces de fon efprit & la bonté de *font* cœur. La *petites* Léonor *de vin* là *plu* grande babillarde de *tous* l'univers.

L'orſque, par exemple, elle *prenois* le matin fon *ouvrages*, il falloit d'abord qu'elle *dit* : oho! il *es* bien *tant* de ſe mettre en beſogne. Que *dirois* Maman ſi elle me *trouvoient* les bras *croiſé*? O mon Dieu! le *grands* morceau que j'ai *a* coudre! *Mes*, Dieu merci, je *ne ſuit* pas manchotte, & je *ſaurez* bien *an* venir à bout. Ah! voilà l'*horloges* qui ſonne. Une, deux, trois, quatre, cinq, ſix, *cette*, huit, neuf *heure*. J'ai encore deux *heure* juſqu'à *leur de m'ont* claveffin. En *d'eux* heures on *peu expédiai* bien du travail. Maman, en récompenſe, me *donneras* des *bonbon. Qu'elle* plaiſir j'*aurez* à les *croquez!* Je n'aime rien *tems* que les *praline. Se* n'eſt pas que les dragées ne *fois* auffi *forts bonnes. M'ont* Papa m'en donna l'autre *jours*; mais je *croit* que les pralines *vale* encore mieux, *a* moins que ſe ne *ſoit* les *dragée.* Ah! ſi *dorothée venois* aujourd'hui! je lui *feroit* voir *m'a* belle *garnitures.* Elle *es* aſſez drôle *cet* petite *d'Orothée; mets* elle aîme trop *a parlé*, on *na* pas le tems de *gliſſez* un mot avec elle. *Ou eſt dont* mon dé? Ma ſœur, n'a-tu pas vu mon dé? Il *faux* que Juſtine l'*eſt* emporté avec elle. Elle *nen fais* jamais *dautres, cet* étourdie! Cent dé on ne *peux* pas *travaillez;* le cul de l'aiguille vous *entres* dans le doigt; le doigt vous *ſaignes;* cela fait *grands* mal, & puis *vôtre* ouvrage *ait* tout *ſalis.* Juſtine, *juſtine, ou eſt tu* donc? N'*a*-tu pas vu mon dé? *Mes* non, le voilà *tous* embarlificoté dans mon écheveau.

Ces ainſi que la *petites* créature *dégoiſois.* impitoyablement *toutes* la journée. *Qu'and* ſon pere & ſa *mer s'entretenoit* enſemble de choſes *intéreſſante*, elle *venois* étourdiment *ce jettez* au travers de leurs diſcours. Souvent *a dîné*, elle *an étois* encore *a* ſa *ſoupes*, lorſque les *autre* avoient preſque *finit* leur repas. Elle *oubļioient* le boire & le manger, pour *ce livrai* à ſon *bayardages.*

S'ont Papa la *reprenoient* plufieurs fois le *jours* de *fe défauts ; laids* avis *ai* les *reproche étois* égalemeint *inutile*. Les *humiliation* ne *réuffiffoit* pas mieux. Comme perfonne ne *pouvoient* s'entendre auprès *delle*, on *lenvoyoit toutes* feule *d'en* fa. chambre. Aux repas, *ont* prit le *partit* de la mettre féparément *a* une petite *tables*, auffi loin *quil étois* poffible de la *grandes*. Léonor étoit *affligé, mes* elle ne *ce corrigeois* pas. Elle avoit toujours *qu'elle que* chofe *a ce* dire tout haut à elle-*mêmes, quant* fa langue ne *pouvois saccrocher* à perfonne. Plutôt que de *reftai* muette, elle auroit lié *converfations* avec fa fourchette & fon *couteaux.*

Que *gagnoient*-elle *dont* à fuivre cette malheureufe *habitudes* ? Vous le *voyé, mais cheres* amis, rien que *dais* mortifications & de *là* haine. Je vais vous *racontai fe* qu'elle *eu* encore un *jours a* fouffrir.

Ses parens *étois inviter* par un de *leur* ami à venir *paffé* quelques jours à fa maifon de *campagnes : s'étois* dans l'automne. Le *tant* étoit *fuperbes* ; & il *neft* guère *poffibles* de fe *repréfenté* l'abondance qu'il y avoit *cet* année de *pomme*, de poires, de *pêche* & de *raifin.*

L'Eonor c'étoit figurée *quel* accompagneroit *ces* parens. Elle *fus* bien furprife, lorfque fon pere *ordonnans* à fes *petite* fœurs Julie & Cécile de *ce préparez*, lui annonça que pour elle, il falloit qu'elle *refta* à la *maifons*. Elle *ce jettat* en *pleurante* dans les bras de fa mere. Ah! ma *cher* Maman, lui dit-elle, comment *aije méritai* que mon Papa *foi* fi fort en colere contre *mois* ? Ton Papa, lui *répondis* fa Maman, *nait* pas en colere, *mes* il *es* impoffible de tenir *a* ta *fociété*! Tu *troubleroit tout* nos plaifirs par ton bavardage *continuelle.*

Faut il don que je ne *parles* jamais? reprit Léonor.

Ce défaut, lui *repliquas* fa mere, feroit auffi grand que *ce lui donc* nous *voulont* te guérir. Mais il faut attendre que *t'on* tour *viennes*, & *nœuds* pas *coupez* s'en ceffe la parole à *t'eft* parent & *a* des *perfonne* plus *agée* & *plut* raifonnables que toi. Il faut auffi *tabftenir* de dire *tous fe* qui te *paffent* par la tête. Lorfque tu *veut* favoir quelque chofe *utiles* à ton inftruction, il faut le *demandé* nettement *ai* en *peut* de *mot* ; & *s'y* tu a quelque récit à faire, *biens* réfléchir d'abord *en* toi-même, fi *t'es* parens ou ceux qui *t'écoute aurons* du *plaifirs* à *lentendre.*

Léonor, *aux* défaut de *raifon, nauroit* pas *manquer* de *parole* pour *ce juftifiez* ;

G

m'es elle *en tendit* fon Papa qui apelloit fa *femmes* , & Julie, & Cécile. La *voitures étois* déjà prête.

Léonor les vit partir *an* foupirant ; & fon œil *pleins de larme* , fuivis la voiture auffi loin que fa vue *pus fétendre*. Lorfqu'elle ne la vit *plut* , elle *à la fa feoir* dans un coin, & *paffat* une demi-heure *a pleuré*. Maudite langue, *fécrioit-elles ! Ces* de toi que me *vienne* tous *mais* chagrins. Va, je *prendre^* garde que tu ne *dife* plus *à la venir* un mot plus qu'il ne faut.

Quelques *jour* après , fes parens *revinres* : fes fœurs raporterent des *corbeille pleine* de noix & de *raifin*. Comme *elle* avoient le cœur excellent, elle *ce* firent un plaifir de *partage^* avec Léonor ; mais Léonor *étois* fi *raffafié* par fa trifteffe, *quelle* ne *pu* pas en *goûte^*. Elle *courus* à fon Papa, & lui dit : ah ! mon Papa, *pardonnai* - moi de *Vous* avoir *mit Dans* la néceffité de me punir. Nous en *avont* trop fouffert l'un & *lautre* ! Je ne *veut* plus être une babillarde. Son Papa *l'en braffa* tendrement.

Le lendemain *ils* fut *permit à leonor de ce Mettre* à table *Avec* les autres. elle parla *très peu*, & *tous* ce qu'elle *Dit* fut plein de grace & de *Modeftie*. Il eft vrai qu'il *Lui* en *coutat* beaucoup *Pour* retenir fa *langues*, qui *dimpatience* & de démangeaifon, *roulois* ça & *la* dans fa bouche. Le lendemain *cet* retenue *Lui* fut moins *pénibles*, & moins encore les jours *fuivant. peu - à - peu* elle *es* parvenue à *ce* défaire *Entierement* de fon *infuportables* babil ; & on la *voix* aujourd'hui *Figurer fort* joliment *Dans* la fociété , *s'en y porté* le trouble & *lennui*.

LES TULIPES.

L**UCETTE** *avois* vu, pendant deux *été* de fuite, dans le *jardins* de fon *paire* , une planche de *Tulipe bigarré* des plus *bel* couleurs.

Semblable au *papillons légers*, elle *avoient* fouvent *voltiger* de fleur en fleur ; uniquement *frapé de l'heure* éclat , fans *Jamais* s'occupe^ de fe qui *pouvois* les *produires*.

L'automne *derniers*, elle vit *s'on* pere qui *famufoit* à *bêchez* la terre de la plate-bande, & y *enfonçois* des oignons.

Ah! mon Papa, s'écria-*t'elles* d'une *voïe* plaintive, que *faite*-vous? *Gatez* ainfi toute *nôtre* planche de *Tulipe*! & *aux* lieu de *fes* belles fleurs, *i* mettre de *vilain* oignons pour la cuifine!

Son pere lui *répondis* qu'il *s'avoit* bien *fe quil* avoit *a* faire : & il *allois* lui aprendre que *fétoit* de ces *oignon* que *fortirois* l'année *fuivant* des Tulipes *nouvel* ; *mes* lucette l'interrompit *part* fes plaintes, & ne *voulus* rien *écoutez*.

Comme fon pere *Vit* qu'il *ni* avoit pas *moyens* de lui faire entendre *Raifon*, il la *laiffat fa paifer* d'elle-même, & continua *font* travail, tandis *qu'elles ce* retiroit en gémiffant.

Toute les *foi* que, pendant l'hiver, la *converfations* tomba *fûr* les fleurs, Lucette *Soupiroit*; & elle *Penfoit an* elle-même qu'il *étois* bien dommage que fon pere *eut détruis* le *plus belle* ornement de fon jardin.

L'hiver acheva fon *court*; & le printems *vins* balayer de la terre la neige & les *glaçon*.

Un jour cependant, elle y *entrat* fans *réflexions*. Dieu! de *quelle* tranfports de furprife & de *joies* elle *fût agité*, *l'orfqu'*elle vit la planche de Tulipes plus *bel* encore que l'année *précédentes*!

Elle refta d'abord *Immobile* & muette *d'admirations* : enfin elle *ce* jetta dans les bras de fon pere, en *fécriant*: ah! mon Papa, que je vous *remercies* d'avoir *arra-cher* vos *trifte* oignons, pour remettre à *leurs* place *fes* belles *fleur* que j'aime *tems*!

Tu ne me *doit* point de *reconnoiffances*, lui répondit *fons* pere : *quart* ces belles fleurs que tu *aime* tant, ne *fons venue* que de *mais trifte*s oignons.

L'opiniâtre Lucette *nen* vouloit encore rien croire, lorfque fon pere *Tira* proprement de la terre une des *plu belle* Tulipes, avec l'oignon *doux* fortoit la tige, & la lui *préfentat*.

Lucette *confondu*, lui demanda pardon d'avoir *étés* fi déraifonnable. Je te pardonne bien volontiers, *m'a* fille, lui *répondis* fon pere, pourvu que tu *reconnoiffé* combien les enfans *rifques* de *ce trompez* en voulant juger, d'après leur *ignorances*, les actions des perfonnes *expérimentée.*

Oh oui , mon Papa , *répondis lucette ; je ne ments raporterez* plus dorénavant à *mais* propres yeux ; *ai* toutes les fois que je ferai *tenté* de croire en favoir plus que les *autre* , je me *fouviendré* des Tulipes & des oignons.

Je *fuis* bien aife , *mais cheres* amis, de vous avoir *raconter cet* hiftoire : car vous *allés* voir *fe* qui arriva *a* un autre enfant, pour ne *la* voir pas *fu.*

LES FRAISES ET LES GROSEILLES.

Le petit *anfelme* avoit *entendus* dire à fon pere que les *Enfans* ne *favoit* rien de *fe* qui pouvoit *leurs* convenir ; & que *toutes* leur fageffe étoit de fuivre les *Confeil* des *perfonne* au-deffus de *leur* âge. Mais *ils* n'avoit pas *voulut* comprendre *cet* leçon, *où peut être* l'avoit-il oubliée.

On avoit *partager* entre fon frere *profper* & lui un petits carreau *dû* jardin , afin que chacun *eut* fa portion de terre en propre. *Ils leurs* avoit été *permit di* femer, *où* d'y *planté tous* ce qu'ils *voudrois.*

Profper *ce* fouvenoit à *merveilles* de l'inftruction de fon pere. Il *à la* trouver le Jardinier, & lui dit : mon ami *rufin* , *dit*-moi , je te *pris* , ce que je *doigt* planter dans mon *jardin*, & comment il faut *mi* prendre ?

Rufin lui donna des *oignons* & des graines *choifies*. Profper courut auffi-tôt les *mettres* en terre. Rufin *eus* la *Complaifance* d'affifter à *ces* travaux, & de les *dirigés.*

M. *anfelme* levoit les *Epaules* de la docilité de *font* frere. Voulez-vous, lui *dis* le Jardinier, que je *faffes* quelque *chofes* pour vous ?

Fi donc ! lui *répondis* Anfelme, j'ai *biens* befoin de *veaux* leçon. Il alla cueillir *dès* fleurs, & les *plantas* par la tige, dans la terre. *rufin* le *laiffât* faire comme il *voulu.*

le lendemain , Anfelme vit que *toute* fes fleurs *étois fannée*, & *penchois* triftement *leurs* front. Il en planta *d'autres* qui *fures d'en* le même état le jour d'après.

Il *fus* bientôt *dégoûter de cet* manœuvre, *s'étoit* en effet acheter affez cher le *plaisirs* d'avoir *Des* fleurs dans son jardin. *il* cessa d'y *travaillé*, & la terre ne tarda guère *a* se couvrir d'*ortie* & de *chardon*.

Verre le milieu du printems, *ils* aperçut, *sûr* le terrein de son *freres*, quelque chose de *rouges*, *suspendue* à *dais* bouquets d'*herbe*. Il s'aprocha : *c'étoit* des fraises du plus *beaux* pourpre, & *D'un* goût exquis. Ah ! *s'écriat-il*, *s'y* j'en avois aussi *planter* dans mon jardin !

Quelque tems après, il *vis* de *petite graine* d'une couleur vermeille, qui *pendois* en *grape* entre les feuilles d'un épais buisson. Il *saprocha : c'étois* des groseilles *apétiffante*, *donc* la *seul* vue réjouissoit le cœur. Ah ! *s'écriat-t'il* encore, si *jen* avois *planter* dans mon jardin !

Mange-en, lui dit son frere, comme si *elle étoit* à toi.

Il ne *tenois* qu'*a* vous, ajouta le Jardinier, *dans* avoir d'aussi *belle*. Ne *méprisé* plus à l'avenir les avis des personnes plus *expérimentée* que vous.

Fin de la premiere Partie.

TABLEAU DE LA CONJUGAISON DES VERBES

Dont la connoiſſance eſt indiſpenſable.

Quatre Verbes , ſur leſquels tous les autres ſe conjuguent ſelon la terminaiſon de leur infinitif.				Conjugaiſon des deux Verbes ÊTRE & AVOIR, *Dont on expliquera les divers uſages dans la ſeconde Partie.*	
1.re CONJUGAISON *terminée en* er.	2.e CONJUGAISON *terminée en* ir.	3.e CONJUGAISON *terminée en* oir.	4.e CONJUGAISON *terminée en* re.		
INFINITIF.	INFINITIF.	INFINITIF.	INFINITIF.	INFINITIF.	INFINITIF.
Aim—er.	*Fin*—ir.	*Recev*—oir.	*Rend*—re.	Être.	Avoir.
PARTICIPE ACTIF.	PARTICIPE ACTIF.	PARTICIPE ACTIF.	PARTICIPE ACTIF.	PARTICIPE ACTIF.	PARTICIPE ACTIF.
Aim—ant.	*Finiſſ*—ant.	*Recev*—ant.	*Rend*—ant.	Étant.	Ayant.
PARTICIPE PASSIF.	PARTICIPE PASSIF.	PARTICIPE PASSIF.	PARTICIPE PASSIF.	PARTICIPE PASSIF.	PARTICIPE PASSIF.
Aim—é.	*Fin*—i.	*Reç*—u.	*Rend*—u.	Été.	Eu.
INDICATIF.	INDICATIF.	INDICATIF.	INDICATIF.	INDICATIF.	INDICATIF.
PRÉSENT.	PRÉSENT.	PRÉSENT.	PRÉSENT.	PRÉSENT.	PRÉSENT.
S. J'*aim*—e. tu *aim*—es. il *aim*—e. Pl. Nous *aim*—ons. vous *aim*—ez. ils *aim*—ent.	S. Je *fini*—s. tu *fini*—s. il *fini*—t. Pl. Nous *finiſſ*—ons. vous *finiſſ*—ez. ils *finiſſ*—ent.	S. Je *reçoi*—s. tu *reçoi*—s. il *reçoi*—t. Pl. Nous *recev*—ons. vous *recev*—ez. ils *reçoiv*—ent.	S. Je *rend*—s. tu *rend*—s. il *rend*. Pl. Nous *rend*—ons. vous *rend*—ez. ils *rend*—ent.	S. Je ſuis. tu es. il eſt. Pl. Nous ſommes. vous êtes. ils ſont.	S. J'ai. tu as. il a. Pl. Nous avons. vous avez. ils ont.
IMPARFAIT.	IMPARFAIT.	IMPARFAIT.	IMPARFAIT.	IMPARFAIT.	IMPARFAIT.
S. J'*aim*—ois. tu *aim*—ois. il *aim*—oit. Pl. Nous *aim*—ions. vous *aim*—iez. ils *aim*—oient.	S. Je *finiſſ*—ois. tu *finiſſ*—ois. il *finiſſ*—oit. Pl. Nous *finiſſ*—ions. vous *finiſſ*—iez. ils *finiſſ*—oient.	S. Je *recev*—ois. tu *recev*—ois. il *recev*—oit. Pl. Nous *recev*—ions. vous *recev*—iez. ils *recev*—oient.	S. Je *rend*—ois. tu *rend*—ois. il *rend*—oit. Pl. Nous *rend*—ions. vous *rend*—iez. ils *rend*—oient.	S. J'étois. tu étois. il étoit. Pl. Nous étions. vous étiez. ils étoient.	S. J'avois. tu avois. il avoit. Pl. Nous avions. vous aviez. ils avoient.
PARFAIT.	PARFAIT.	PARFAIT.	PARFAIT.	PARFAIT.	PARFAIT.
S. J'*aim*—ai. tu *aim*—as. il *aim*—a. Pl. Nous *aim*—âmes. vous *aim*—âtes. ils *aim*—erent.	S. Je *fin*—is. tu *fin*—is. il *fin*—it. Pl. Nous *fin*—îmes. vous *fin*—îtes. ils *fin*—irent.	S. Je *reç*—us. tu *reç*—us. il *reç*—ut. Pl. Nous *reç*—ûmes. vous *reç*—ûtes. ils *reç*—urent.	S. Je *rend*—is. tu *rend*—is. il *rend*—it. Pl. Nous *rend*—îmes. vous *rend*—îtes. ils *rend*—irent.	S. Je fus. tu fus. il fut. Pl. Nous fûmes. vous fûtes. ils furent.	S. J'eus. tu eus. il eut. Pl. Nous eûmes. vous eûtes. ils eurent.
FUTUR.	FUTUR.	FUTUR.	FUTUR.	FUTUR.	FUTUR.
S. J'*aime*—rai. tu *aime*—ras. il *aime*—ra. Pl. Nous *aime*—rons. vous *aime*—rez. ils *aime*—ront.	S. Je *fini*—rai. tu *fini*—ras. il *fini*—ra. Pl. Nous *fini*—rons. vous *fini*—rez. ils *fini*—ront.	S. Je *recev*—rai. tu *recev*—ras. il *recev*—ra. Pl. Nous *recev*—rons. vous *recev*—rez. ils *recev*—ront.	S. Je *rend*—rai. tu *rend*—ras. il *rend*—ra. Pl. Nous *rend*—rons. vous *rend*—rez. ils *rend*—ront.	S. Je ſerai. tu ſeras. il ſera. Pl. Nous ſerons. vous ſerez. ils ſeront.	S. J'aurai. tu auras. il aura. Pl. Nous aurons. vous aurez. ils auront.
CONDITIONNEL.	CONDITIONNEL.	CONDITIONNEL.	CONDITIONNEL.	CONDITIONNEL.	CONDITIONNEL.
S. J'*aime*—rois. tu *aime*—rois. il *aime*—roit. Pl. Nous *aime*—rions. vous *aime*—riez. ils *aime*—roient.	S. Je *fini*—rois. tu *fini*—rois. il *fini*—roit. Pl. Nous *fini*—rions. vous *fini*—riez. ils *fini*—roient.	S. Je *recev*—rois. tu *recev*—rois. il *recev*—roit. Pl. Nous *recev*—rions. vous *recev*—riez. ils *recev*—roient.	S. Je *rend*—rois. tu *rend*—rois. il *rend*—roit. Pl. Nous *rend*—rions. vous *rend*—riez. ils *rend*—roient.	S. Je ſerois. tu ſerois. il ſeroit. Pl. Nous aurions. vous ſeriez. ils ſeroient.	S. J'aurois. tu aurois. il auroit. Pl. Nous aurions. vous auriez. ils auroient.
SUBJONCTIF.	SUBJONCTIF.	SUBJONCTIF.	SUBJONCTIF.	SUBJONCTIF.	SUBJONCTIF.
PRÉSENT.	PRÉSENT.	PRÉSENT.	PRÉSENT.	PRÉSENT.	PRÉSENT.
S. Il faut que j'*aim*—e. que tu *aim*—es. qu'il *aim*—e. Pl. Que nous *aim*—ions. que vous *aim*—iez. qu'ils *aim*—ent.	S. Il faut que je *finiſſ*—e. que tu *finiſſ*—es. qu'il *finiſſ*—e. Pl. Que nous *finiſſ*—ions. que vous *finiſſ*—iez. qu'ils *finiſſ*—ent.	S. Il faut que je *reçoiv*—e. que tu *reçoi*—es. qu'il *reçoiv*—e. Pl. Que nous *recev*—ions. que vous *recev*—iez. qu'ils *reçoiv*—ent.	S. Il faut que je *rend*—e. que tu *rend*—es. qu'il *rend*—e. Pl. Que nous *rend*—ions. que vous *rend*—iez. qu'ils *rend*—ent.	S. Il faut que je ſois. que tu ſois. qu'il ſoit. Pl. Que nous ſoyons. que vous ſoyez. qu'ils ſoient.	S. Il faut que j'aie. que tu aies. qu'il ait. Pl. Que nous ayons. que vous ayez. qu'ils aient.
IMPARFAIT.	IMPARFAIT.	IMPARFAIT.	IMPARFAIT.	IMPARFAIT.	IMPARFAIT.
S. Il falloit que j'*aim*—aſſe. que tu *aim*—aſſes. qu'il *aim*—ât. Pl. Que nous *aim*—aſſions. que vous *aim*—aſſiez. qu'ils *aim*—aſſent.	S. Il falloit que je *fin*—iſſe. que tu *fin*—iſſes. qu'il *fin*—ît. Pl. Que nous *fin*—iſſions. que vous *fin*—iſſiez. qu'ils *fin*—iſſent.	S. Il falloit que je *reç*—uſſe. que tu *reç*—uſſes. qu'il *reç*—ût. Pl. Que nous *reç*—uſſions. que vous *reç*—uſſiez. qu'ils *reç*—uſſent.	S. Il falloit que je *rend*—iſſe. que tu *rend*—iſſes. qu'il *rend*—ît. Pl. Que nous *rend*—iſſions. que vous *rend*—iſſiez. qu'ils *rend*—iſſent.	S. Il falloit que je fuſſe. que tu fuſſes. qu'il fût. Pl. Que nous fuſſions. que vous fuſſiez. qu'ils fuſſent.	S. Il falloit que j'euſſe. que tu euſſes. qu'il eût. Pl. Que nous euſſions. que vous euſſiez. qu'ils euſſent.

TABLEAU DES PRONOMS

Mis par ordre alphabétique.

A.

Aucun, Aucune ..... indé.
Auquel ..... {rel. / ab.}
Autre, Autres, Autrui, Aux autres ..... indé.
Auxquelles ..... {rel. / ab.}
Auxquels ..... {rel. / ab.}
Aux unes, Aux uns ..... indé.

C.

C', Ce, Ceci, Cela, Celle, Celle-ci, Celle-là, Celles, Celles-ci, Celles-là, Celui, Celui-ci, Celui-là ..... dém.
Certain, Certaine, Certaines, Certains ..... indé.
Cet, Cette ..... dém.

C.

Ceux, Ceux-ci, Ceux-là ..... dém.
Chacun, Chacune, Chaque ..... indé.

D.

Des autres ..... indé.
Desquelles ..... {rel. / ab.}
Desquels ..... {rel. / ab.}
Des unes, Des uns ..... indé.
Dont ..... rel.
Duquel ..... {rel. / ab.}

E.

Elle, Elles ..... per.
En ..... conj.
Eux ..... per.

I.

Il, Ils ..... per.

J.

J', Je ..... per.

L.

L', La ..... conj.
Laquelle ..... {rel. / ab.}
L'autre ..... indé.
Le ..... {conj. / ab.}
Lequel ..... {rel. / ab.}
Les ..... conj.
Les autres ..... indé.
Lesquelles ..... {rel. / ab.}
Lesquels ..... {rel. / ab.}
Les unes, Les uns ..... indé.
Leur ..... {pos. ab. / pos. rel. / conj.}
Leurs ..... {pos. ab. / pos. rel.}
Lui ..... {rel. / conj.}
L'un, L'une ..... indé.

M.

M' ..... conj.
Ma ..... pos. ab.
Me ..... conj.
Même, Mêmes ..... indé.
Mes ..... pos. ab.
Mien ..... pos. rel.

M.

Mienne, Miennes, Miens ..... pos. rel.
Moi ..... per.
Mon ..... pos. ab.

N.

Nos, Notre ..... pos. ab.
Nôtre, Nôtres ..... pos. rel.
Nous ..... {per. / conj.}
Nul, Nulle ..... indé.

O.

On ..... per.

P.

Pas un, Pas une, Personne, Plusieurs ..... indé.

Q.

Qu' ..... {rel. / ab.}
Que ..... {rel. / ab.}
Quel que ..... ab.
Quelconque ..... indé.
Quelle ..... ab.
Quelle que ..... indé.

Q.

Quelles ..... ab.
Quelles que ..... indé.
Quelque ..... ab.
Quelques, Quelqu'un, Quelqu'une, Quelques-unes, Quelques-uns ..... indé.
Quels ..... ab.
Quels que ..... indé.
Qui ..... {rel. / ab.}
Quiconque, Qui que ce soit ..... indé.
Quoi ..... {rel. / ab.}
Quoi que, Quoi que ce soit ..... indé.

R.

Rien ..... indé.

S.

S', Sa, Se, Ses ..... pos. ab.
Sien, Sienne, Siennes, Siens ..... pos. rel.
Soi ..... per.
Son ..... pos. ab.

T.

T' ..... conj.
Ta ..... pos. ab.
Te ..... conj.
Tel, Telle, Telles, Tels ..... indé.
Tes ..... pos. ab.
Tien, Tienne, Tiennes, Tiens ..... pos. rel.
Toi ..... per.
Ton ..... pos. ab.
Tout, Toute, Toutes ..... indé.
Tu ..... per.

U.

Un, Une ..... indé.

V.

Votre, Vôtre, Vôtres ..... pos. ab. / pos. rel.
Vous ..... {per. / conj.}

Y.

Y ..... conj.

QUESTIONS que l'Élève doit se faire à lui-même pour trouver la dénomination du mot qu'il cherche.	RÉPONSES aux Questions ci-contre.
Ce mot · · · nomme-t-il quelque chose ?	Si ce mot · · · nomme quelque chose, il est · · · · · · · · · · · · · · · · · SUBSTANTIF.
Ce mot · · · nomme-t-il la manière d'être de quelque chose ?	Si ce mot · · · nomme la manière d'être de quelque chose, il est · · · · · ADJECTIF.
Ce mot · · · désigne-t-il le genre & le nombre d'un Substantif ?	Si ce mot · · · sert à désigner le genre & le nombre d'un Substantif, il est · · · ARTICLE.
Ce mot · · · est-il mis à la place d'un nom ?	Si ce mot · · · est mis à la place d'un nom ; il est · · · · · · · · · · · · · · · PRONOM.
Ce mot · · · exprime-t-il une affirmation ou une action ?	Si ce mot · · · exprime une affirmation ou une action, il est · · · · · · · · · · VERBE.
Ce mot · · · tient-il de la nature de l'Adjectif, & de celle du Verbe ?	Si ce mot · · · tient de la nature de l'Adjectif, & de celle du Verbe, il est · PARTICIPE.
Ce mot · · · n'est-il d'aucune des six espèces précédentes ?	Si ce mot · · · n'est d'aucune des six espèces précédentes, il est · · · INDÉCLINABLE.

www.ingramcontent.com/pod-product-compliance
Lightning Source LLC
Chambersburg PA
CBHW060838180626
46818CB00004B/1493

* 9 7 8 2 0 1 9 4 9 4 8 7 2 *